SOPA DE LIBROS

Juan Ignacio Luca de Tena, 15. 28027 Madrid
www.anayainfantilyjuvenil.com
e-mail: anayainfantilyjuvenil@anaya.es

Primera edición, octubre 2002
Segunda edición, noviembre 2002
Tercera edición, enero 2003

Diseño: Manuel Estrada

ISBN: 84-667-1706-4
Depósito legal: M. 2.176/2003

Impreso en ANZOS, S. L.
La Zarzuela, 6
Polígono Industrial Cordel de la Carrera
Fuenlabrada (Madrid)
Impreso en España - Printed in Spain

Cano, Carles
Al otro lado del sombrero / Carles Cano ; ilustraciones de Paco Giménez. — Madrid : Anaya, 2002
64 p. : il. col. ; 20 cm. — (Sopa de Libros ; 76)
ISBN 84-667-1706-4
1. Magia. 2. Humor. I. Giménez, Paco, il. II. TÍTULO. III. SERIE
087.5:82-3

Al otro lado del sombrero

SOPA DE LIBROS

Carles Cano

Al otro lado del sombrero

Ilustraciones
de Paco Giménez

ANAYA

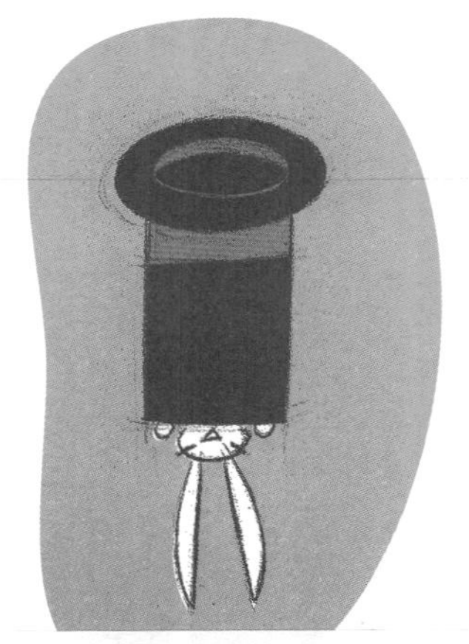

A la escuela Gençana,
con quien intercambiamos historias,
proyectos, ideas...

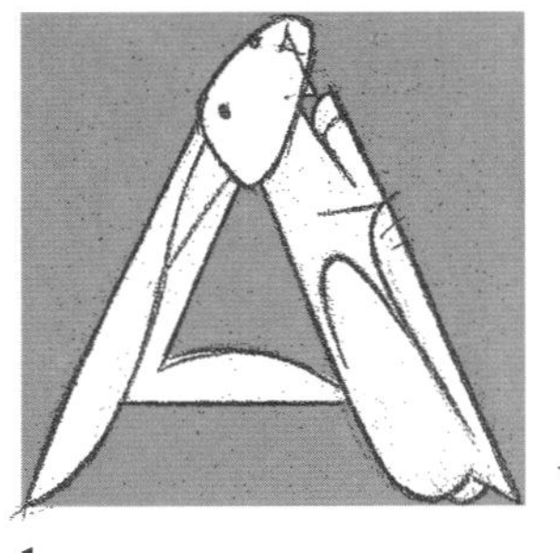

veces,
las cosas que parecen mágicas,
en realidad son más mágicas
de lo que parecen.

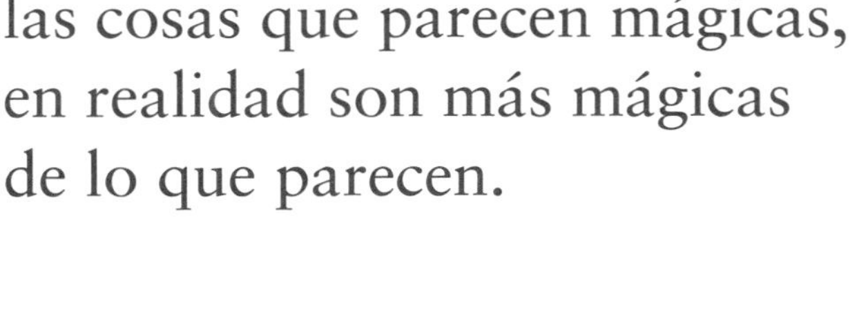

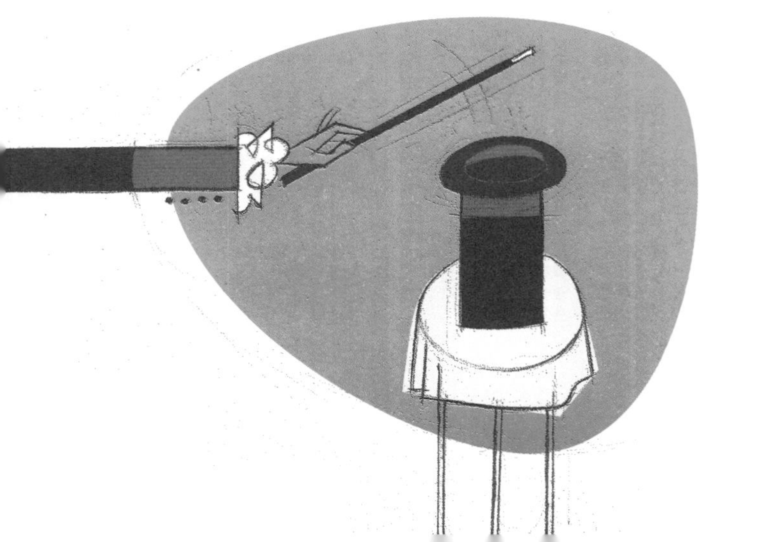

Bueno,
me explicaré: siempre me ha
dejado boquiabierto la habilidad
de un buen mago con sus trucos,
y si hay algo que me tenga
absolutamente perplejo es ver
cómo sacan un conejo vivito
y coleando de una chistera que
hace un momento estaba vacía.

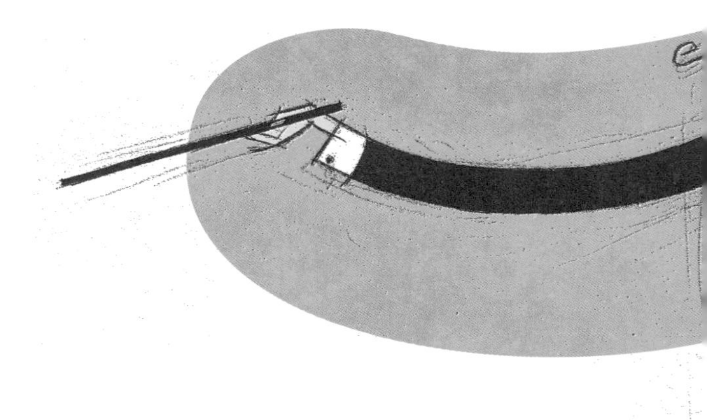

¿ómo lo harán? ¿Por qué no chillan cuando los sacan por las orejas? ¿Nunca se ha escapado ningún conejo? ¿Por qué son todos blancos? Un montón de preguntas se me amontonaban en la cabeza.

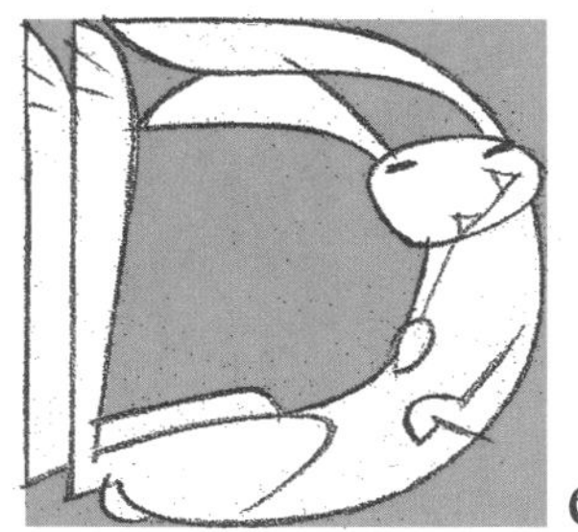e todas las preguntas, la que más me intrigaba era: ¿Dónde los esconden? Como soy un curioso incorregible decidí averiguarlo.

videntemente
no podía ir a un mago y
preguntarle: ¿Dónde escondéis
los conejos? Si les preguntas una
cosa así te mandan a freir naipes,
o te dicen que te esfumes o,
lo que es peor, te hacen
desaparecer ellos mismos.
Así pues, tenía que inventar
algún truco yo también.

¡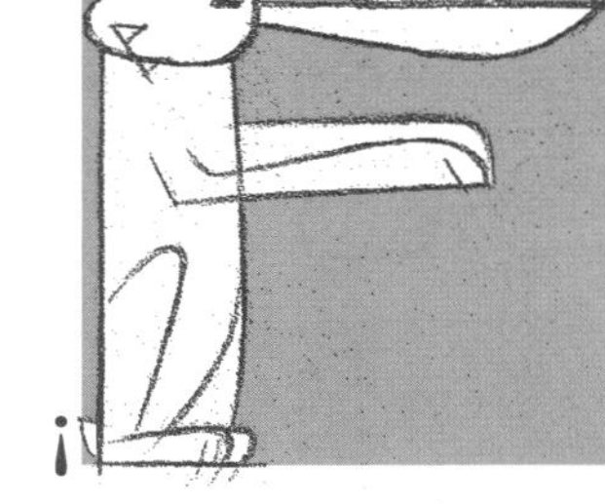ffiuuuuu!
Lo tenía crudo, pero me saqué de la manga una Asociación de Defensa de los Conejos de Sombrero, de la cual yo era el presidente y, provisto de un carné perfectamente falsificado, me fui a investigar.

racias a las páginas amarillas averigüé la dirección de unos cuantos magos y me fui a visitarlos. Podía haber decidido el orden de visitas por edad, por altura, por el color de ojos o por el número de calzado que usasen, pero como no sabía ninguna de estas cosas empecé a visitarlos por orden alfabético.

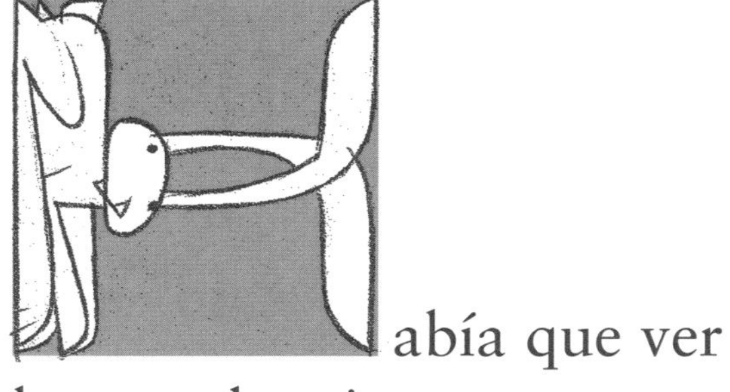abía que ver
los nombrecitos que se gastaban:
Adalberto Abracadabra Arias,
Benito Badoglio Borsalino,
Cornelio Corno Cabra,
Eustaquio Estambul Esquimal...
Qué curioso, todos tenían las tres
iniciales repetidas, cada uno
ocupaba una letra del alfabeto
y eran veintisiete, es decir tres,
por tres, por tres.
¿Sería simple
casualidad?

¡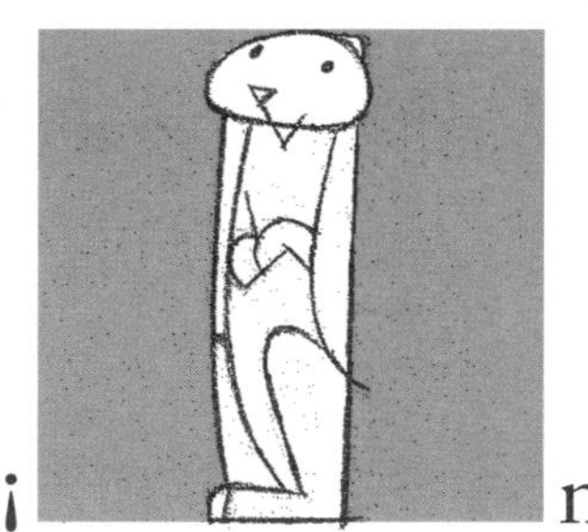mposible!
Veintisiete casualidades son demasiadas casualidades incluso para algo tan fantástico como la magia. Además, tres eran siempre los pases que hacían en sus trucos, tres los golpecitos con su varita mágica y tres los conejos que solían sacar de la chistera.

Pero esa no era mi preocupación ahora, yo quería saber dónde los escondían y estaba dispuesto a averiguarlo. ¡Aunque tuviese que convertirme en conejo!

ugaba con ventaja, porque ni al más imaginativo de los magos se le hubiera ocurrido que podía haber una Asociación tal que se preocupase por los conejos de sombrero. Además yo, con barba postiza, trajeado, con corbata y maletín de cuero negro, tenía un aspecto imponente.
Todos me abrieron su puerta y me dejaron pasar; ni siquiera el más tétrico y desconfiado de ellos, Wenceslao Walpurgis Wawawu, me puso ningún obstáculo.
Me las prometía muy felices.

3
W.W.W.

Kilos y kilos
de zanahorias, montoncitos
de pelusa blanca, conejeras,
conejos..., todo esto pensaba
encontrar en las casas de los
magos, pero no encontré nada,
absolutamente nada que pudiera
hacer pensar que tenían alguna
relación con conejos. Busqué y
rebusqué, miré y remiré, husmeé
y rehusmeé y nada, ni rastro de
los conejos.

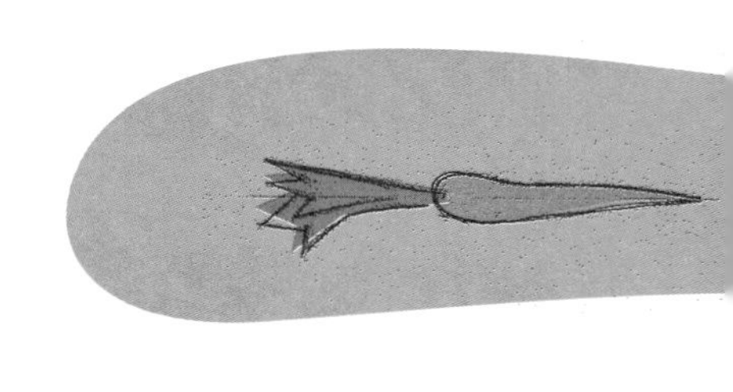

La pregunta
que les hice a todos:
«¿Dónde están los conejos?»
fue respondida con evasivas,
con risitas, con ojos de sorpresa
o con el ceño fruncido, pero lo
único que me quedó claro es
que era un secreto inconfesable.
Nadie estaba dispuesto a
revelarlo, bajo ningún
concepto.

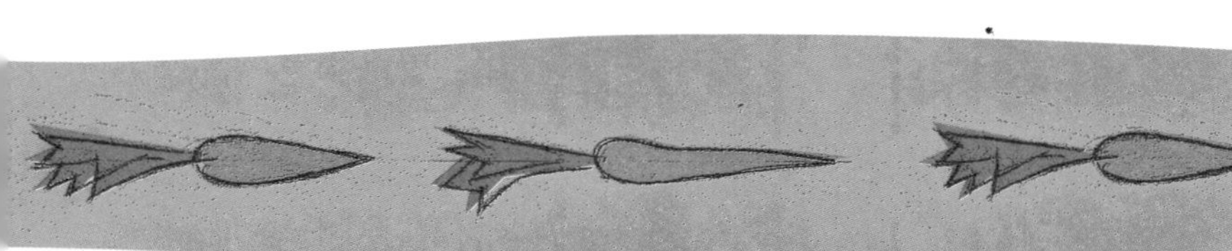

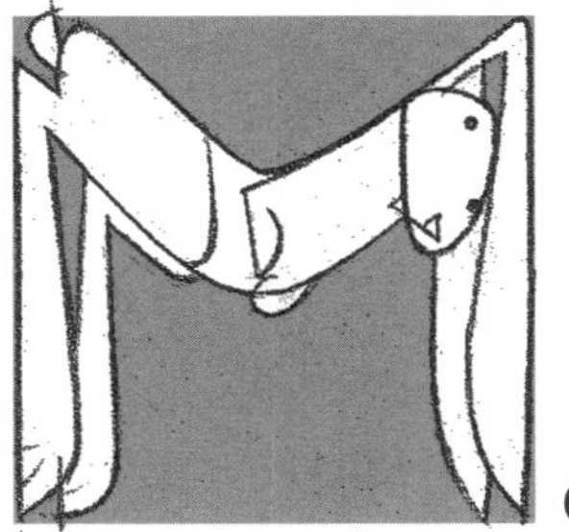
e iba a dar
por vencido. Estaba un poco
decepcionado y cabizbajo porque
lo había intentado todo: hacerme
el simpático y el antipático,
el tonto y el listo, el experto y
el que no tiene ni idea, todo con
idéntico resultado: nada de nada.
Intentaba consolarme con la idea
de que tal vez fuese mejor así,
si descubría el truco, seguramente
dejaría de tener gracia o interés
para mí, por tanto era mejor
que conservase intacta aquella
inocencia.

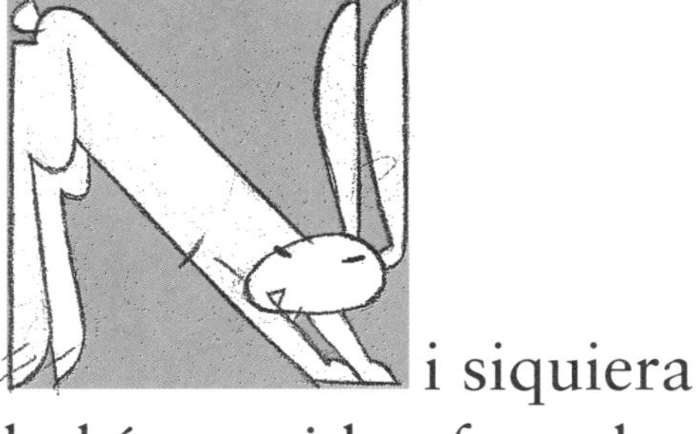

i siquiera había surtido efecto la amenaza de denunciarlos por mantener animales en lugares tan estrechos y tan poco soleados. Llegué incluso a mostrarles un supuesto estudio de un sabio austríaco, que venía a demostrar que los conejos de los magos eran blancos porque nunca les daba el sol. Se rieron del estudio y de mí.

Ya me marchaba de casa de Zacarías Zig-Zag Zafarrancho, el último mago, cuando sucedió algo inesperado: llamaron a la puerta. Era el cartero. Mientras Zacarías lo atendía, eché otro vistazo más detenido a la sala donde estábamos y me llamó la atención su chistera, depositada descuidadamente sobre una silla, boca arriba. Me acerqué sigilosamente, acechante, y al llegar junto a ella... la encontré vacía. ¡Qué decepción! Pero de dentro de la chistera salía un curioso ruido...

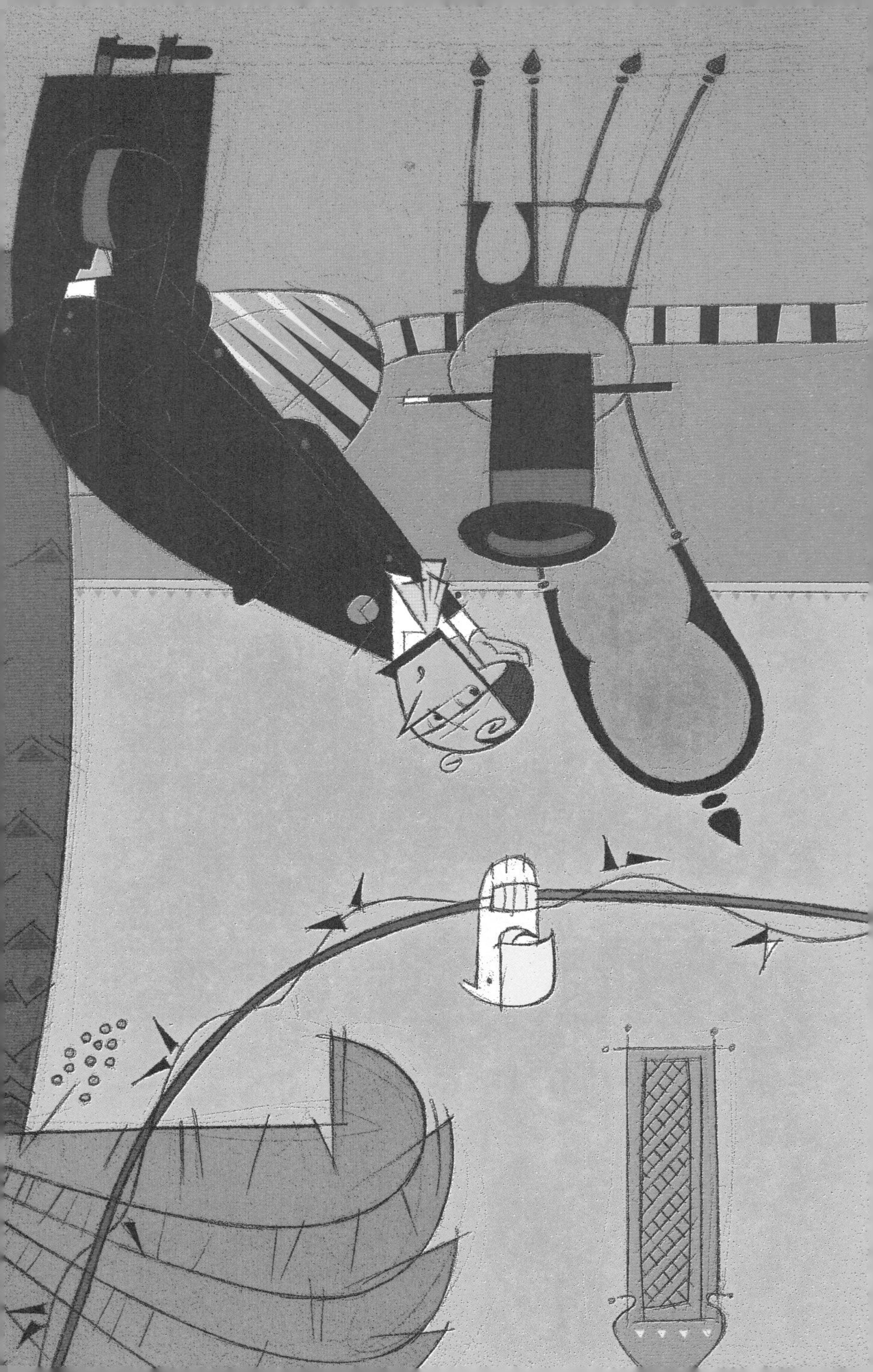

¡Ñam, Ñam, Ñam!
Estaba claro que alguien estaba
comiendo allí dentro, pero
¿quién? No se veía nada ni nadie
que pudiese hacer aquel ruido.
Zacarías Zig-Zag continuaba
hablando con el cartero y,
entonces, me atreví a meter la
mano en el sombrero. Lo que
pasó entonces fue extraordinario:
noté como mi brazo se alargaba
y se alargaba, como si fuese
de chicle, tenía la impresión
de tener un brazo kilométrico;
el fondo del sombrero estaba

todo oscuro y
no podía ver nada,
parecía que mi mano
no iba a parar nunca
de alejarse, pero llegó
un momento en que
algo duro la paró.
Palpé por allí y me
pareció tocar piedras,
tierra y hierba;
de repente toqué algo
blandito, peludo y
palpitante. Sin saber
por qué, lo agarré y,
asustado, tiré de mi
brazo hacia arriba.
Subió a una velocidad
de vértigo y por la
boca del sombrero

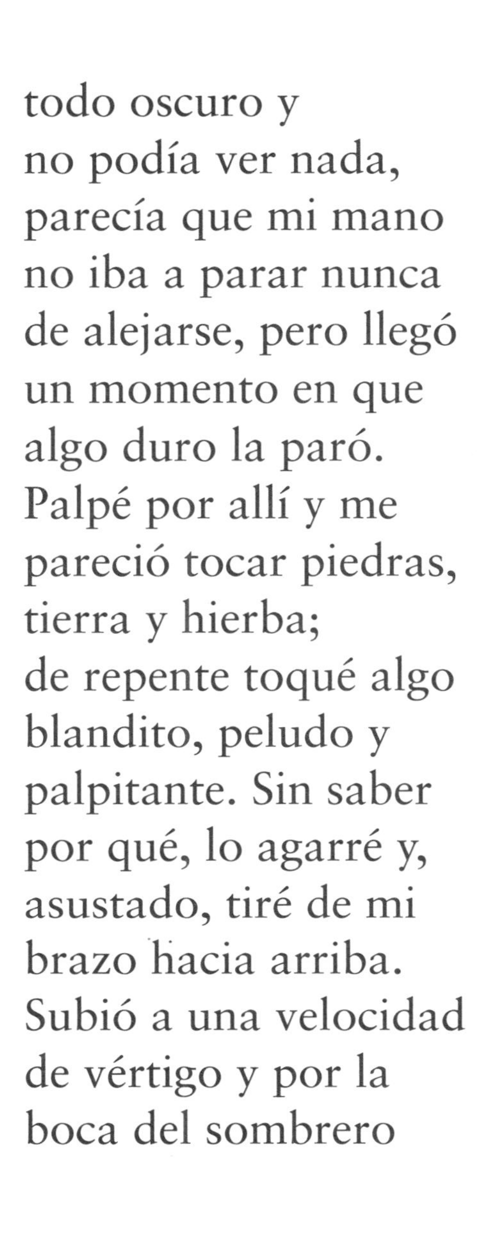

apareció mi mano sosteniendo por las orejas un conejo que comía un apio despreocupadamente.
Al verme se asustó y dio un agudo grito de conejo: ¡¡¡Hiiiiiiiiiiiiii!!!

¡Oiga!, ¿qué hace usted? ¡Suelte mi conejo! —gritó el mago Zacarías.

¡Por todos los diablos, ya lo creo que lo solté!, pues me arreó un soberbio bocado en la mano que me obligó a ello; el conejo se perdió por el fondo de la chistera mientras el mago despedía a correprisa al cartero, cerraba la puerta y se dirigía hacia mí con paso resuelto y cara amenazante.

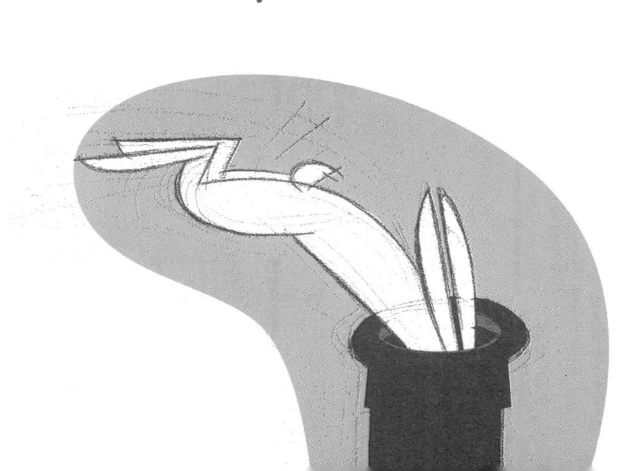

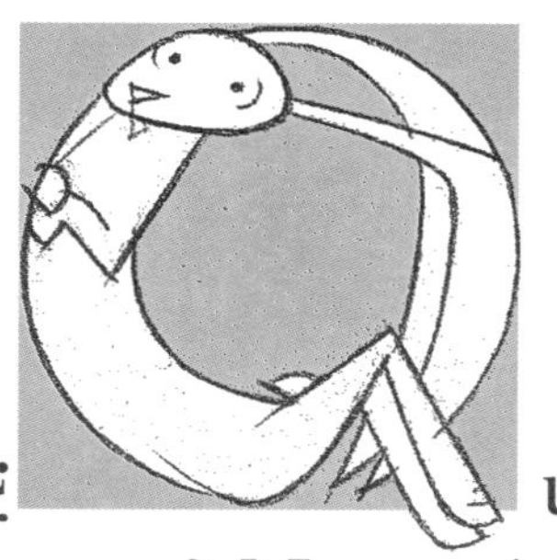

¿ ué podía hacer? No tenía escapatoria, me apreté la mano mordida con la otra y miré con rabia hacia donde había desaparecido el conejo; entonces se me ocurrió la solución a aquel callejón sin salida: ¡tirarme de cabeza al sombrero!

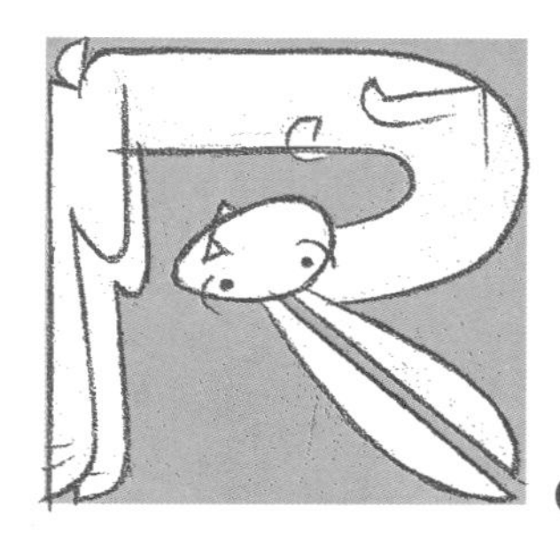

esultará increíble,

pero en un instante el sombrero
se me tragó y empecé a caer por
un profundísimo y oscuro pozo.

No tuve sensación de miedo o peligro en ningún momento, porque la caída era dulce y daba tiempo a rozar las paredes, que tenían un tacto como de fieltro.

Por fin caí blandamente sobre la hierba de un lugar con agradables praderas, montañas suaves y un par de riachuelos que serpenteaban caprichosos. El cielo era limpio y azul, salvo un orondo y magnífico agujero negro que campaba en lo alto y por donde yo debía haber caído.

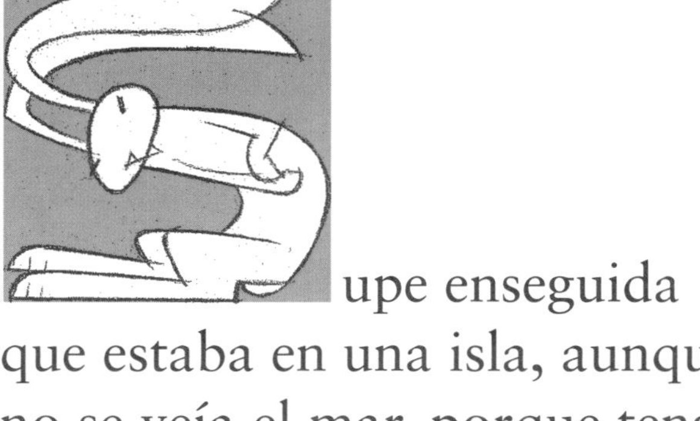

upe enseguida
que estaba en una isla, aunque
no se veía el mar, porque tengo
una rara intuición, una especie
de sexto sentido, para reconocer
las islas. Aquí y allá se veían unas
manchas móviles de color blanco
que me observaban expectantes
sin atreverse a acercarse.
¡No podía creerlo, aquella
era la isla de los conejos
de los sombreros!

Había descubierto el secreto que tan celosamente guardaban los magos; la pregunta:

«¿Dónde esconden los conejos?» ya tenía respuesta. Estaba tan orgulloso...

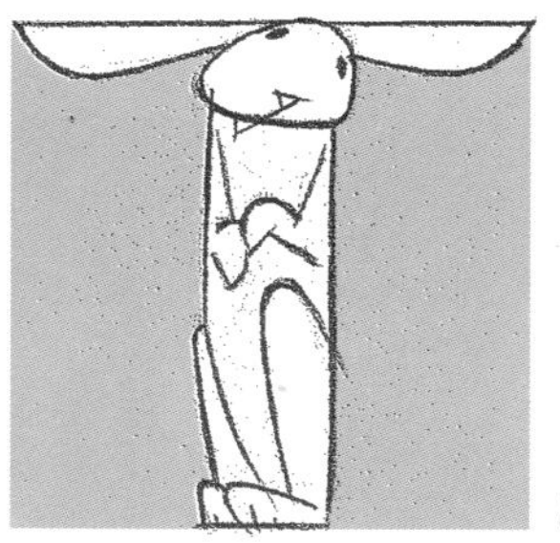an pronto como me incorporé, los conejos salieron en desbandada y se escondieron en sus madrigueras. Intenté llamarlos, pero no sé cómo se llama a los conejos. Silbé, bisbisé, puse cara de buena persona, adopté una actitud tranquila y confiada, pero nada, no salían. Opté por hacerme el muerto, como el gato con botas.

Lo hice tan bien que me dormí.

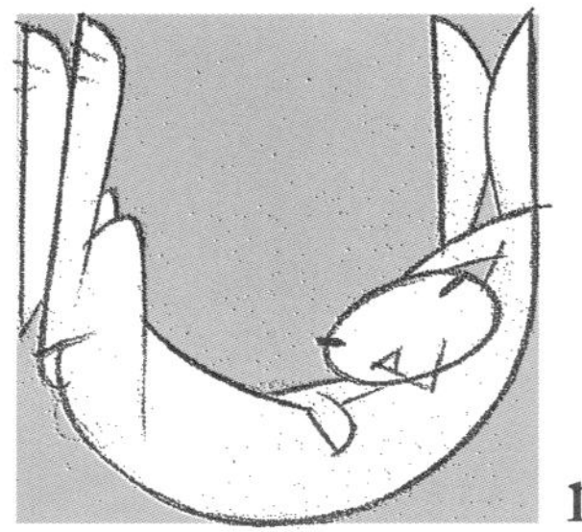no o dos conejos correteaban por encima mío, incluso uno de ellos se paseaba descaradamente por mis barbas. Me habían despertado, aunque yo permanecía inmóvil para no asustarlos; en un momento dado, haciendo un rápido y calculado movimiento, los atrapé a los dos. Tuve buen cuidado de agarrarlos por las orejas porque tenía muy reciente el bocado del último conejo que había sostenido en mis manos.

—¿Y ahora qué? —les dije amenazante, mirándoles fijamente a sus ojillos rojos. Era una pregunta bastante estúpida, pero no se me ocurrió otra mejor.

¿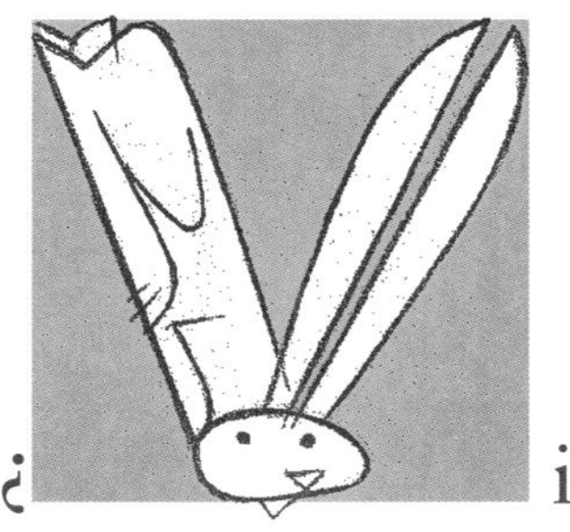ienes en son de guerra o en son de paz? ¡Increíble! ¡Uno de los conejos me estaba hablando! Pero claro, esto es un cuento y en los cuentos suceden cosas extraordinarias.

—Pues, no sé, ni vengo ni voy, la verdad es que me he caído —contesté.

—¡Ah! te has caído... ¡Claro, si no anduvieses metiendo las narices donde no debes, no te pasarían estas cosas!

—En realidad metí la mano...

—De manera que fuiste tú

quien le dio un susto de muerte a Zeta...

—A cambio de un espléndido bocado —contesté enseñando la mano—. ¿Por qué hizo eso?

—Bueno, somos veintisiete, tantos como magos, vivimos aquí tranquilos y felices: hay agua, comida en abundancia y nadie nos molesta...

Solo salimos cuando hay espectáculo. Algunos tenemos mucho trabajo y otros apenas si salen de aquí. Zeta, cuando vio que eras un desconocido, se asustó y te mordió.

—¿Y cómo reconocéis la mano de vuestro mago? Porque con un guante blanco será difícil, ¿no? eh... no sé como llamarte.

—Walter, Willy, Wally, Washington, Wilhem, Wilder... cualquier nombre que empieze por W doble, mis amigos me llaman W. —Al decir esto, formó con su cuerpo una perfecta W sin soltarse de mi mano.

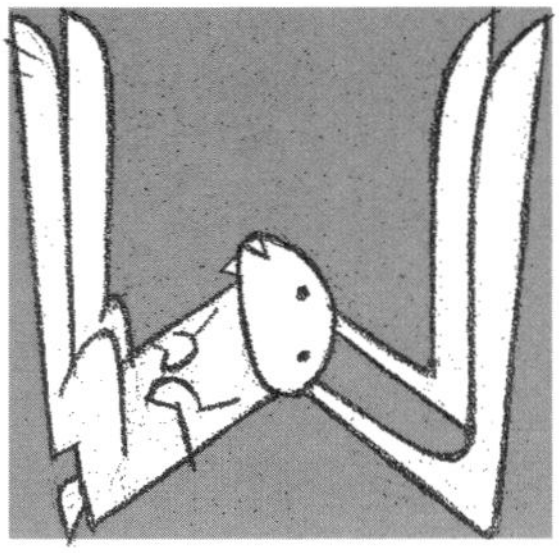

Walter, o W, me explicó que cada uno reconocía a su mago por el movimiento de los dedos, y también que cuando los conejos descubrieron que existía el abecedario, un sistema con veintisiete signos diferentes, tantos como ellos, les pareció una idea excelente adoptarlo y ser cada uno una letra, ya que eran tan iguales que era imposible reconocerse de otro modo. A cada conejo se le conocía por todos los nombres que empezasen con su letra pero,

para abreviar, cada uno era
capaz de imitarla con el cuerpo,
y se saludaban y se reconocían así.
Era asombroso, extraordinario,
pero para sacarme de dudas le
dijo al otro conejo que no había
abierto la boca todavía:

—Saluda Xavier.

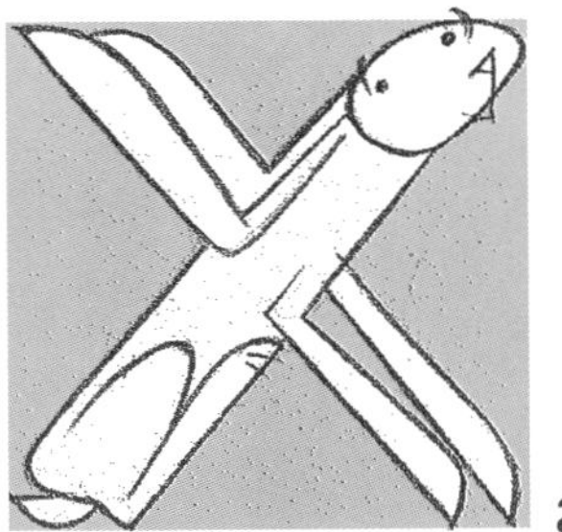

avier, o X,
compuso una perfecta asta.
Después con una voz tintineante,
casi xilofónica, empezó a
contarme que algunos conejos
como I o T lo tenían muy fácil
a la hora de saludar, pero otros,
como él mismo, o B, o M, tenían
que hacer verdaderos ejercicios
de contorsionista para
identificarse. Me contó también
que sus pasatiempos favoritos
eran los crucigramas y el
Scrabble, a los que se dedicaban
con pasión.

A veces se juntaban para
inventar palabras o imitarse
unos a otros o... En fin, que
su vida estaba llena de diversión
y palabrería.
A mí la charla me abre el apetito,
pero solo vi hierba, apios y
zanahorias; y conejos, claro,
pero no podía comerme a
ninguno de aquellos fantásticos
animalillos. Ya sabía el secreto
de los conejos y ahora solo me
quedaba volver a mi mundo.
En un momento dado interrumpí
el relato emocionado de X
sobre una encarnizada
partida de palabras
largas.

 ¿cómo se sale de aquí?

—Oh, pues muy fácil: por el mismo lugar por el que se entra —dijeron los dos conejos.

—¿Por allí? —pregunté desganado, señalando el agujero en el cielo.

—Exactamente, pero tú lo vas a tener difícil, porque no tienes mago.

—Bueno, ya me arreglaré.

Acababa de decir esto cuando empezó a escucharse un sonido como de algo que bajase

cortando el aire a toda
velocidad. Parecía venir del cielo,
justo de dentro del agujero.
Todos los conejos se apartaron
de la pradera, excepto uno que
debía haber reconocido la mano
del mago que acababa de
aparecer por el agujero.
Me acerqué a él, y al verme,
hizo un gesto aterrorizado y salió
corriendo despavorido. Debía ser
el conejo de Zacarías. Me había
reconocido y se temería
las represalias.

Sin darme tiempo
a nada, mientras
miraba por dónde
desaparecía el
dientes largos,
me sentí asido por
el cogote e izado a
toda velocidad.

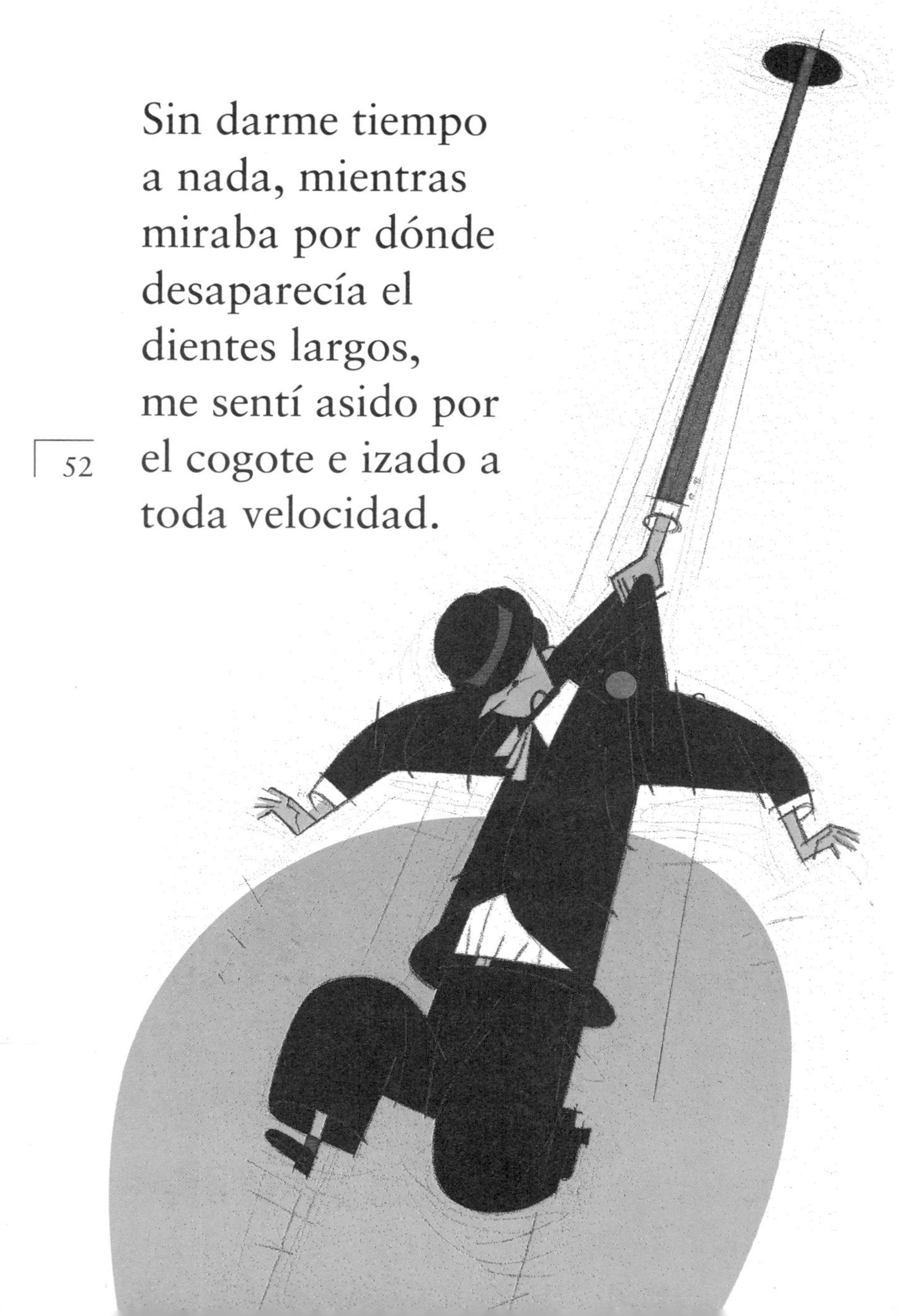

¡oquete!
¡Zoroastro! ¡Zascandil!
¡Zarzuelista! ¡Zarandajo!
¡Ven aquí que te convierta en conejo, zurrapiento! Así gritaba, zigzagueando tras de mí, el mago Zacarías, de cuya chistera acababa yo de salir, provocando la sorpresa y el asombro generales en una sala abarrotada de público. Aproveché la confusión y el alboroto, para escapar de las manos y la varita del mago, que pretendía clavarme como un clavo en el suelo.

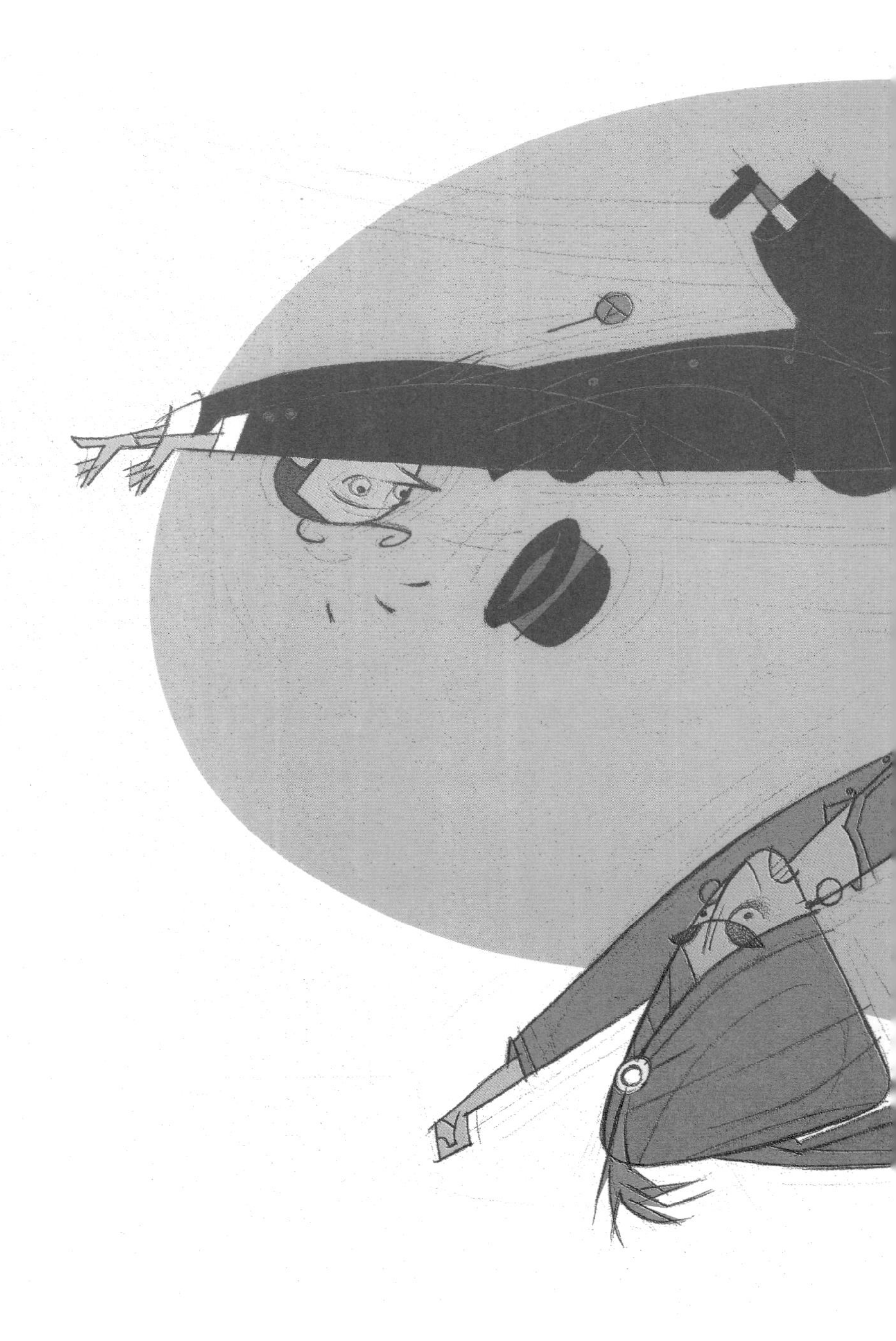

No sé porque se enfadó tanto, ya que al día siguiente leería en los periódicos que por aquel «truco» lo habían proclamado mago del año. Salí por piernas de aquel teatro y pude llegar a casa. Ahora ya conocía el secreto que tanto me intrigaba, estaba derrengado y, después de una aventura como aquella, lo único que me apetecía era dormir a pierna suelta.

ZzzzzzzZ

Escribieron y dibujaron…

Carles Cano y Paco Giménez

Carles Cano y Paco Giménez nacieron en años diferentes, en pueblos diferentes y de madre diferente (¡faltaría más!). A pesar de eso forman un tándem muy conjuntado y productivo dentro de la literatura infantil, tant o que a veces a Carles lo llaman Paco y a Paco lo llaman Carles.

—*¿Cómo os conocisteis?*

—CARLES: Hay quien se conoce a través de un anuncio, de un amigo común o de un encuentro casual en el lugar más insospechado. Nosotros nos conocimos a través de un conejo: Potaconill (Pataconejo). A mí se me ocurrió quedar finalista de un premio en el año 81 y a los locos que lo convocaban se les ocurrió publicarlo. En principio, el libro: *Aventures de Potaconill*, lo iba a ilustrar Manuel Granell, un amigo que entonces andaba enloquecido sin tiempo para

nada, como el conejo de Alicia, y como no pudo ser, se lo pasó a Paco. Era el primer libro infantil que publicaba y se lo tomó con el entusiasmo y meticulosidad con que siempre se toma las cosas. A mí me encantó seguir el proceso de crecimiento del libro y participar en él, proceso durante el cual, además, nos hicimos amigos.

—*¿Qué más cosas habéis hecho juntos desde entonces?*

—PACO: Pues hasta el momento llevamos una docena de libros, media docena de cómics, *nosecuantas* de animaciones en colegios y bibliotecas, incluido un exótico viaje a Guinea (y además tenemos casi media docena de proyectos a punto de salir de la incubadora, así que entre tanta docena, conejos y gallinas de Guinea, vamos a tener que montar una granja para colocarlos a todos).

—*O sea que, por lo que veo, os gusta trabajar en equipo.*

—CARLES: Claro, trabajar con alguien con quien tienes muy buena sintonía, un sentido del humor parecido, y con el que puedes discutir, llegar a acuerdos y ver crecer el proyecto, es muy estimulante. En pocas palabras, a mí me gusta lo que hace Paco y a Paco lo que hago yo.

—*¿Cómo surgió* Al otro lado del sombrero*?*

—PACO: *Al otro lado del sombrero* es, en cierta manera, hijo de Potaconill, nuestro primer conejo. Hace unos años, con motivo del centenario de Lewis Carroll, la escuela Gençana de Godella (a la que, por cierto, van los hijos de Carles), dedicó su Carnaval literario a «Conejos, relojes y sombreros». Siempre nos hemos llevado mal con el tiempo, así que desechamos los relojes y nos dedicamos al resto. Inventamos una historia corta como base de la actividad que íbamos a trabajar con los niños, y aprovechamos un abecedario con conejos que yo había hecho para una segunda edición de *Aventures de Potaconill* y que nunca se utilizó.

Esto determinó la estructura en 27 capítulos de este libro, tantos como conejos hay en el abecedario (quiero decir, letras). Todo se aprovecha, suele decir Carles.

—¿Entonces, el libro es fruto de una experiencia de animación lectora?

—CARLES: Sí, totalmente. Todos los años, desde hace ocho, participamos en el Carnaval Literario de la escuela Gençana, de Godella, una población próxima a Valencia (por eso la dedicatoria de este libro), y cada curso preparamos algo absolutamente nuevo adaptado al tema del carnaval; de hecho, varios de los proyectos que preparamos para esas ocasiones se han convertido en libros. Para nosotros es un reto anual muy estimulante y fructífero. En este caso aprovechamos el abecedario que teníamos, para hacer con los chavales acrósticos, poemas e historias con las iniciales y, por supuesto, la esencia de esta historia. Así que, entre unas cosas y otras, llevamos veinte años entre conejos (¡nos van a crecer las orejas!).